CEREAL

主　　编　Rosa Park
创意总监　Rich Stapleton
文字编辑　Richard Aslan

中文版主编　王菲菲
策划编辑　郝兰
责任编辑　谢媛媛
营销编辑　荣青
新媒体编辑　刘天怡

译　　者　张晓敏
装帧设计　申亚申
封面摄影　Erik Wåhlström

图书在版编目（CIP）数据

谷物 . 17, 我的记忆是一本私人文学 / 英国 Cereal 编辑部编著 ; 张晓敏译 . -- 北京 : 中信出版社 , 2021.12（2025.6 重印）
书名原文：Cereal 21
ISBN 978-7-5217-3734-9

Ⅰ . ①谷… Ⅱ . ①英… ②张… Ⅲ . ①游记－作品集－英国－现代 Ⅳ . ① I561.65

中国版本图书馆 CIP 数据核字（2021）第 227631 号

谷物 .17，我的记忆是一本私人文学

编　　著：英国 Cereal 编辑部
译　　者：张晓敏
出版发行：中信出版集团股份有限公司
（北京市朝阳区东三环北路27号嘉铭中心　邮编　100020）
承 印 者：北京利丰雅高长城印刷有限公司

开　　本：889mm × 1194mm　1/16　　印　　张：7.5　　字　　数：100 千字
版　　次：2021 年 12 月第 1 版　　印　　次：2025 年 6 月第 4 次印刷
书　　号：ISBN 978-7-5217-3734-9
定　　价：68.00 元

序

关于保存

今天是我儿子出生的第一百天，新生儿的百日在韩国是一个重要的日子，它标志着新生儿的人生迈入了一个新的阶段。早上，我端详着他睡梦中的脸蛋，惊讶于他成长速度之快。小小的额头上爬满新生儿的褶皱、五官都挤作一团的那些日子已经一去不返了。在降临世界的一百个日子，特纳的体重增加了不止一倍，他还长出了一个充满喜气的双下巴。当我回想着他的迅速转变时，也情不自禁地想到了自己。

一个密友对我说，成为母亲让她变得卑微无比。这肺腑之言以及从其他朋友处听到的类似的话，在我等待特纳降生的日子里，一直萦绕在我脑海之中。我知道他的到来会颠覆我的生活，因而我兴奋的同时又有些恐慌。

惨烈的生产过后，让我最震惊的是我的身体好像不是自己的了。我没法坐下来，只能半悬空在椅子上以减少不适。而每次走路我都痛得龇牙咧嘴。产后第一个月，我走的最远距离是从卧室到客厅。而我买的那些书——我曾经错误地以为孩子睡着时可以抽空读书——在书架上向我发出嘲讽。从前的那些日常——发掘线上艺术展览，搜索旅行禁令放松后我想去游览的地方，写日志——都显得不合时宜。由于产后综合征的困扰，身体的疼痛久久不去，以至于我在精神上和情感上都饱受折磨。愁云惨雾让我失去了条理性和专注力，心情在无精打采与孤独凄凉之间徘徊。最黑暗的日子里，我深信自己再不可能好起来了，于是疯狂地向和我情况相似的妈妈们寻求建议和鼓励。这种脆弱的心理状态，连同对新手妈妈的身份的不适，让我的每一天都像是一场生存之战。于是，我也一样被置于卑微无比的处境。

当基本的日常生活变成了无法逾越的挑战，当你认为理所当然拥有的一切都荡然无存，你所熟悉的生活分崩离析，一切都需重建。所以，当我开始建设一种新的生活时，我会思及此前生活的种种，看哪些值得保存。在这个过程中，我意识到，保存并非抗拒变化，抑或执迷于过去，而是肯定过往，并以此为向导，让生活继续向前。

对我而言，生命进程中的这种保存让我的灵魂完好如初。我们喜欢拜访那些保存下来的历史名胜，欣赏那些保存下来的艺术品，希望一览过去的遗迹。然而现在我意识到，我们看到的现在和过去一样多，因为正是在二者的张力之中，某些新的、值得保存的东西才浮现出来。正如一座古老的博物馆增设一个现代展区，或者文物保护工作者对一幅油画进行必要的修复，我也在学习如何重新组装自己，在拥抱母亲这个新身份的同时，寻找保存自己内在核心的方法。特纳出生一百天了，我也伴随着他一起改变着。

——Rosa Park

目录

阅读书单

Alison Morris（作家）
A Woman in the Polar Night — Christians Ritter

Alvin Kwan（设计师）
Architecture for Dogs — Kenya Hara

Amanda Rodriguez（造型师）
Georgia O'Keeffe and Her Houses: Ghost Ranch and Abiquiu — Agapita Lopez, Barbara Buhler Lynes and Judy Lopez

Ash James（摄影师）
The Art of Loving — Erich Fromm

Aslan（作家）
Giovanni's Room — James Baldwin

Brian Buchard（摄影师）
The Brothers Karamazov — Fyodor Dostoevsky

Charlie Lee-Potter（作家）
Arctic Dreams: Imagination and Desire in a Northern Landscape — Barry Lopez

Erik Wåhlström（摄影师）
Space X Sub-Reddit — reddit.com/r/spacex

Hana Snow（造型师）
One Hundred Years of Solitude — Gabriel García Márquez

Irina Boersma（摄影师）
Ready Player One — Ernest Cline

Jonny Bruce（作家）
Unquiet Landscape: Places and Ideas in 20th-Century British Painting — Christopher Neve

Julia Merican（实习编辑）
On Longing: Narratives of the Miniature, the Gigantic, the Souvenir, the Collection — Susan Stewart

Justin H. Min（作家）
Klara and the Sun — Kazuo Ishiguro

Laura Fowler（作家）
A Theatre for Dreamers — Polly Samson

Louise Long（作家）
Little Scratch — Rebecca Watson

Matilda Bathurst（作家）
Operating Manual For Spaceship Earth — R. Buckminster Fuller

Michael Darlington（造型师）
A Devil in Paradise — Henry Miller

Ollie Horne（助理编辑）
The Songlines — Bruce Chatwin

Rich Stapleton（创意总监）
Eleven Rings — Phil Jackson

Rosa Park（主编）
Only Don't Know: Selected Teaching Letters of Zen Master Seung Sahn — Seung Sahn

Sam Wright（摄影师）
Skagboys — Irvine Welsh

Tine Daring（造型师）
Why We Sleep: The New Science of Sleep and Dreams — Matthew Walker

Vince Lo（设计师）
Minor Feelings: An Asian American Reckoning — Cathy Park Hong

Yoshihiro Makino（摄影师）
Weekend Utopia: Modern Living in the Hamptons — Alastair Gordon

《谷物》正在……

运动

Toogood × Birkenstock 的凉鞋

喷

Sunspel 的橙花油

读

Catherine 和 John Pawson 的《家庭农场食谱》

EDMUND DE WAAL

one

1

歌德堂

理念的
表达

文字
Ollie Horne

摄影
Brian Buchard

从瑞士巴塞尔乘火车半小时即可到达小镇多纳赫。在那里，一座巨大的、超现实主义的流线型混凝土结构高耸于连绵起伏的丘陵之上，周围环绕着具有相似曲线结构的建筑。歌德堂由奥地利哲学家和人智学创立者鲁道夫·施泰纳（Rudolf Steiner，1861—1925）建造，以德国哲学家、诗人约翰·沃尔夫冈·冯·歌德（Johann Wolfgang von Goethe，1749—1832）的名字命名。这座混凝土结构建筑是第二代歌德堂，用以代替1922年烧毁的木结构老歌德堂。老歌德堂使用用蒸汽熏弯的面板来实现施泰纳关于有机的、表现主义建筑的愿景。替代建筑的建造始于1924年，于1928年完成，也就是施泰纳死后的第三年。

修建歌德堂的目的在于以建筑的形式展现人智学的理想。人智学是由施泰纳于1912年创立的一门玄奥的学说。今天，人智学学会在50个国家和地区设有分支机构，继续宣扬施泰纳的主张，歌德堂是其全球总部。施泰纳在他的一生中以人智学为主题进行了数千场演讲。该学说认为可以用科学方法对精神领域进行研究，就像物理学家研究原子或电磁一样。在19世纪唯灵论和德国唯心主义哲学的各种学说兴起之后，人智学在科学家们持续发现原子、波和磁场这些不可见的事物的同时产生了。

施泰纳将他的思想广泛地应用于一系列行业与学科中，包括教育、医药、农业、银行业、建筑、设计、舞蹈，以及视觉艺术。他被誉为有机农业的奠基人之一。他的教育方法至今仍在施泰纳或华德福学校中施行。华德福学校鼓励儿童在开始学习数学和科学之前先培养艺术创造力。这类学校是许多欧洲国家的公立教育中不可分割的一部分，并且在全球多达70个国家和地区中都有分布。据估计，今天仍有超过一万个机构将人智学的价值理念作为精神指引。

施泰纳也涉足视觉艺术。他以色彩为题举办过几场讲座，重新编辑了歌德的《色彩理论》，并且鼓励艺术家们采用一种名为“浮动色彩”的特殊绘画风格进行创作。歌德堂里就展有这种风格的成品：歌德堂的中心是一个一千人席位的大礼堂，可以供音乐会和讲座使用。此处的顶部绘有一幅迷幻的壁画，讲述着人类进化的故事。在一个主楼梯间里，光线透过一面巨大鲜红的彩色玻璃折射进来，周围的水泥墙壁和阶梯都染上了同样的色彩。这面玻璃是老歌德堂留下来的，上面绘有大天使米迦勒的图像。

早期的抽象派画家中有一些是人智学的拥趸，其中包括皮特·蒙德里安（Piet Mondrian）、瓦西里·康定斯基（Wassily Kandinsky），以及希尔玛·阿夫克林特（Hilma af Klint）。阿夫克林特——死后被追认为最早的现代主义抽象派画家——在1908年和施泰纳结识，当时后者还是神智学会的成员，正在斯德哥尔摩访问。他们都对这一宗派感兴趣，也同样受到歌德的色彩理论的影响。阿夫克林特向施泰纳展示了她的近作“献给神庙的绘画”——17个月内完成的111幅画作。施泰纳不理解这些作品的意义，并且不赞同她的方法。阿夫克林特很明显受到了拒绝带来的伤害，以至于在此后的几年内不再作画。直到1912年，她才最终画完了整个系列。随后，她于1920年在歌德堂拜访了施泰纳，并在同年加入了人智学会。在之后的十年中，她大部分日子都留在多纳赫，研习学会的卷宗，努力发现她的神秘主义绘画的含义。（如今，这些卷宗中也收藏了弗兰茨·卡夫卡写给施泰纳的信件，他也是施泰纳思想的热切追随者。）

在建筑方面，施泰纳倡导人智学建筑应当模仿人的形态，青睐流畅的曲线和有机的无棱角形状，尽一切可能避免直线、直角和传统建筑中其他可能的局限。依照着曲线建筑原则，他也设计了专为歌德堂量身定制的家具和其他一些人智学风格的建筑。这些家具纯粹由原木直接雕刻而成，免去了一切装饰，近乎水晶，仿佛是在岩层下自然形成的一般。这种风格也被称为多纳赫设计，是一种介乎安东尼·高迪（Antoni Gaudí）风格的浮夸与工艺美术风格的内敛之间的形式。在歌德堂中，桌、椅、衣橱、楼梯和一架立式钢琴都显示出这种风格。

最初的歌德堂

施泰纳在1913年雇佣船舶建造者来建造老歌德堂，他们将用蒸汽熏弯的木板在弯曲的混凝土基座上创建了一个双穹顶结构。人智学会的年度戏剧活动就在此举办，甚至在1922年该建筑被烧毁之后，艺术家和演员们还在其废墟上进行了表演。

不少其他的人智学设计师，如菲利克斯·凯瑟（Flix Kayser）和汉斯·伊泰尔（Hans Itel），也受到施泰纳作品的启发，在其身后延续着人智学建筑和装饰的艺术。

施泰纳在其一生中设计了13座建筑，包括新老歌德堂，以及位于多纳赫的许多其他建筑，如引人注目的海德豪斯（Heizhaus），又名“锅炉房”（Boiler Building）。它高耸的混凝土屋顶仿佛一束射向天空的火焰，或某种植物的新芽。新歌德堂被视为20世纪表现主义建筑的杰作和全混凝土建筑的先驱之作，也预言了数十年后的粗犷主义建筑风格的到来。众多建筑师都拜访过此地，并表达了他们对这座建筑的崇拜之情，其中就有弗兰克·劳埃德·赖特（Frank Lloyd Wright）和弗兰克·盖里（Frank Gehry），从那之后，人智学会的成员按照这种建筑风格在多纳赫又建造了数千座房屋和其他建筑。•

在建筑方面，施泰纳倡导人智学建筑应当模仿人的形态，青睐流畅的曲线和有机的无棱角形状，尽一切可能避免直线、直角和传统建筑中其他可能的局限。

two

2

达利森赛酒店

一座人智学圣殿

文字

Ollie Horne

摄影

Rich Stapleton

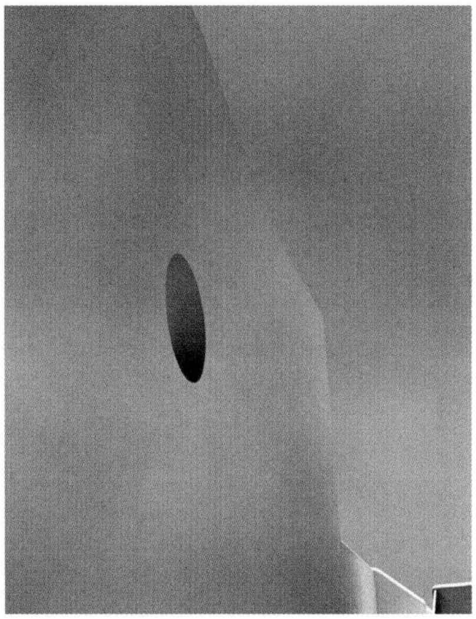

弗兰克·莱尼奥（Franck Laigneau）是人智学作品设计方面的顶尖专家和收藏者。他在巴黎有一家画廊，经营了15年，其中就有一些该风格的艺术品，他的众多藏品都被讨论该主题的专著专门介绍过。现在，他和伙伴维托尔·博尔热斯（Vitor Borges）在葡萄牙的阿连特茹地区开了一家精品艺术和设计酒店，名为“达利森赛”（Dá Licença，意为“打扰一下”）。这个拥有五间套房和四个单间的酒店为客人们提供了一个在人智学风格艺术品中生活的机会。通常这类展品只在博物馆中才能见到，然而在这里，睡觉是躺在人智学床上，阅读是窝在人智学扶手椅里，吃晚餐是在人智学餐桌上，旁边的人智学烛台上还燃烧着烛火——所有这些都由木头雕刻而成，优雅的曲线和陡直的边缘达成了完美的平衡。

2010年，莱尼奥去瑞士参加迈阿密巴塞尔设计展时，访问了位于多纳赫的歌德堂，第一次邂逅了人智学设计。“这座建筑给我留下了如此深刻的印象，以至于我开始进行相关的研究，并和馆长取得了联系。”他说，“我发现，当时歌德堂只展出了绘画和雕塑作品，很多家具都被藏在阁楼里。许多物件没有身份标识，所以我帮忙给它们做了标注，并进行了分类。那时候我兴致勃勃，热情高涨，因为新的发现，或者让不知名的艺术家见之于众是我作为艺术商独树一帜的地方。我对人智学设计也有这样的感受：它应当被当作一场艺术运动来看待，并且要以一种谨慎的方式在艺术界进行推广。于是我开始了收藏的历程，并在2012年的迈阿密巴塞尔设计展上展出了一小部分藏品。其中有两件很快被美国的一家博物馆挑走了。”

在这座白色的农场建筑成为达利森赛酒店之前，莱尼奥在它里面开辟了一个空间作为画廊，让人们可以在一个较正式的环境里欣赏一系列人智学艺术作品。“人智学设计是一种符合人体工程学的实用风格，但同时又融入了一种要的精神价值。”莱尼奥说，“它体现了施泰纳所奉行的整体治愈环境的理念，即通过有机的设计，让生活在技术时代的人们得到治愈。施泰纳信奉‘整体艺术’（一种将一切艺术统一的艺术理念和形式），追求艺术和设计的统一，而非割裂。他相信室内装饰影响着人的身体、大脑和心灵，而艺术——并非作为奢侈品存在——是人类心灵必不可少的滋养。虽然他的观念富有乌托邦色彩，但应用起来却十分实用。家具上的立体主义形状让我想起了水晶的纯粹性以及它们所蕴含的能量。我觉得这些家具创造了一种宁静的氛围：它们捕捉进入房间的光线，带来了一种和谐之感。”•

侧灯 by Reimar von Bonin，约1970年，复制品

床架　配有雪花石膏阅读灯，位于酒店的一间套房里

衣橱　位于莱尼奥和博尔热斯的家中，未知人智学设计师创作，约1940年

远处的白色建筑原为一家农场所有，现成为达利森赛酒店。酒店还拥有其周边的13000棵橄榄树，树龄为60年到800年不等。

three

3

同等的快乐

关于一座花园的记忆

文字

Jonny Bruce

摄影

Rich Stapleton

造型

Hana Snow

越来越响亮的鸟鸣声为我的漫步赋予了意义，但很快，一只高挂在古橡树鹿角状树冠上的埃及雁的尸体让我停下了脚步。

多年以前，站在鹅卵石铺就的庭院的空窗下，我和妹妹发出恼怒的嘘声——我们知道楼上许多人还在沉睡之中，也明白这个居所的华丽程度是我们自己家所望尘莫及的。我醉酒似的嫉妒那个长胡子的园丁对妹妹的偏爱，这种感觉和某种隐蔽性欲的焦躁混合在一起，而当我拒绝将我们的房门钥匙交给她时，又加剧了她的困惑和气恼。这时，黑夜最黑暗的时刻已经过去，但熹微的光线却让房子那凹凸不平的正立面看上去更加幽暗。在一阵冗长乏味的僵持过后，妹妹看准时机，从我手中夺走了钥匙。羞愤之下，我跌跌撞撞地离开了古老的马厩所在的庭院，经过17世纪的宅邸，进入花园。

强烈的耻辱感让我的双颊火热，我沉浸在自己的“红白蓝三部曲”中难以自拔，愤怒地将指节透过常春藤的枝条擦在粗糙的石壁上。这一愚蠢的举动所导致的痛楚耗尽了我剩余的肾上腺素，取而代之的是一阵突如其来的令人难堪的睡意。一种不合时宜的骄傲让我在日出前那段特别的宁静中沿着花坛搜寻着什么，陪伴我的只有脚踩在碎石子上的沙沙声。漫无目的的脚步沿着小径向前，边上是修剪成方块状的树篱的低矮轮廓，路的尽头是一扇工艺精美的大门。门的四周是高大的树篱，门上的镀金将宅主那精美装饰的姓名首字母凸显出来。大门两侧安置着两座古典雕塑，一男一女，他们嵌入树篱的凹进处，身上爬满了青苔。我当时还无从解读他们的象征意义，在他们那空洞的表情中我只看到了冷漠。

沉重的大门被推开，仿佛抗议一般发出长而尖锐的鸣叫，声音穿过暴露在我眼前的草坪流走。我悄悄溜进这座与世隔绝的室外剧场，阶梯状的观众席看上去是个还不错的休息之处。然而，空气遗忘了它的温度。躺在坚硬的地面上，我的上衣立即被快速生成的露水浸湿了，这打消了我所有在此睡觉的念头。然而，我的心中却不由自主地升起一种意外的平静——一种对难以忍受的处境全然接受的平静。

当安德烈·勒诺特尔（André Le Nôtre）在凡尔赛宫建造规则式园林（此花园的设计灵感来源）时，他希望传达人类尤其是路易十四，对自然的统治地位。这些园林意图通过其恢宏的气魄来惊艳世人。而在那个时刻，那里宽阔的道路嘲笑过我的孤独，高大的黎巴嫩雪松让我显得矮小卑微。走出这座室外剧场，两片长长的池塘周围升起了雾气，池塘向后一直延伸到主宅。几个小时前，水面上还反射着

云朵飘过天空的蓝和白，然而现在，一切都弥漫着灰色。更远处，花岗岩宅邸严酷的轮廓也似乎无法提供任何慰藉，在略带狂乱的心绪中，我继续走向花园的更深处。

此刻，黎明之光触目即是，但高高的树篱之间仍然布满阴影。土耳其橡树树冠的轮廓伸向明亮的天空。我穿过一个入口来到一个圆形大池塘，池塘四周环绕着两层浓密的山毛榉树墙，两个多世纪以来它们就这样将这片池塘隔绝开来。我笨拙地坐在池塘的边缘，视线落在右手粗糙的指节上，左手指尖摸索着石头上鳞片状的铜绿。池塘的远处，含苞待放的睡莲被饱满的油亮亮的莲叶托起。幽暗的芦苇丛和喷泉中心的小苍鹭造型，因缺少水流的喷涌来唤醒金属感造型的活力，显得并不协调。无精打采地躺在莲叶间的那些多余的石天使亦是如此。

离开宅院，几条蜿蜒的小路流向成熟的山毛榉和橡木的混合林地，两棵庄严的地中海圣栎标志着这片精心打理的荒野的起点。越来越响亮的鸟鸣声为我的漫步赋予了意义，但很快，一只高挂在古橡树鹿角状树冠上的埃及雁的尸体让我停下了脚步。它挂在一根枯树枝上，翅膀伸开摆出圣彼得的倒十字形状。这景象令人震惊，却让我欣赏到了它那在晨曦中显得艳丽夺目的羽翼。

我无法理解这可怕的景象，于是调转回去，希望某个早起者已打开门。然而，还没来得及在马厩院子里考验妹妹的耐心，我便注意到与主宅相连的大温室的一扇窗子是开着的。窗玻璃在窗棂中抖动时，油漆四散飞舞。我的视线穿过那扇窗，滑落到室内黑白相间的大理石地板上。此刻，在这个柔软的清晨，坚硬的地面显出布里奇特·赖利（Bridget Riley）画中那种动感效果。花园外的一切开始苏醒，但这个暖房，在各种真人尺寸的神秘雕像凝固的姿态中，显得愈发死一般地寂静。

我又躺了下来，这次是在一张木质长椅上，然而，压抑的氛围催促我离开。本来想在这静谧的花园中觅得一处隐秘休息之地的我，此刻沐浴在清晨的阳光中，被强烈的睡意撕扯，我悄悄走过雕像，打开通往主宅的内门。突然，警报发出的末日般的哀号回荡在每一面墙上。直至今日，想起当时那个满身露水困倦至极的十五岁枯瘦孩子所面对的责难的目光，我仍然羞愧万分。尽管如此，关于那个清早的花园的记忆将永远带给我同等的快乐。•

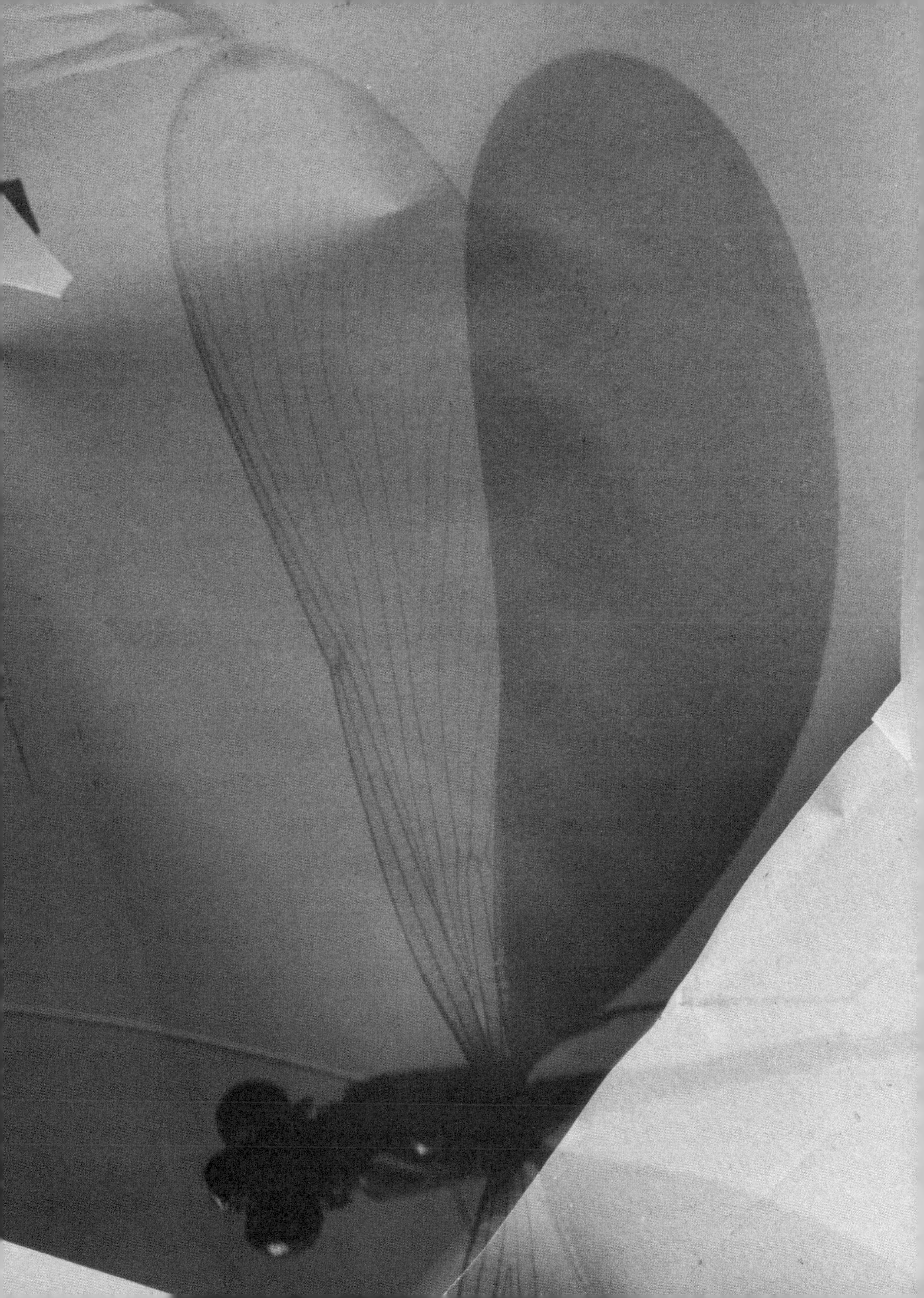

I. 关于身份

文字

Justin H. Min

还记得那些睡眼惺忪的星期六早晨，我被塞进一辆狭小的沃尔沃轿车，然后在全家第二天要去的教堂前的路边被放下来。还记得那铃声，虚假而令人生厌，在教堂的扩音器里回响着，标志着在被几扇日式拉门隔开的临时教室里上课的时间到了。还记得那些铺着白色油毡的地板，粉饰着灰泥的天花板，干擦记号笔的味道悬在空中，闻起来像糖浆。还记得我坐在一把生锈的折叠椅上，一个烫发的浓妆女人走到教室前面鞠躬打招呼。“你好。”她会说。“你好。”我们会重复这句话，好像一个个迷你韩国机器人。

那些星期六在韩国学校上课的日子距今已将近二十年了。现在回想起来，我觉得那只是父母想把我们兄妹在周末赶出去几个小时而找的理由。我当然不需要学习韩语。我懂这门语言。我沉浸其中——来自对周围环境的耳濡目染。我和家人说韩语，在教堂和执事及长辈们讲韩语，和朋友们刷韩剧吃水果捞时说的也是韩语。

我的父母是来自韩国的第一代移民，他们忙于生计，很难想象他们会花时间来思考如何保存来自母国的文化物件。来到一个陌生的国度，手忙脚乱地学习一门新的语言，获得一份工作，准备好一日三餐，努力融入一种他们从前只在《蒂凡尼的早餐》或《曼哈顿》这样的电影里见过的文化和生活。

尽管如此——甚至即便我们生活在美国，我们仍然十分像韩国人：我管“哥哥”叫“형”；进门前要先脱鞋；“돌잔치”和“제사”（周岁生日和祭日）每年都有。玩“윷놀이”（掷栖戏）——一种传统的棋盘游戏——没有任何目的，喝“소주”（一种蒸馏酒）吃“갈비”（烤牛仔排）时也什么都不想。这就是我们的生活，这就是我们。

民族和文化的保存会变成自然而然的事情，只要他们还是生存的必需品。假如让我的父母不说韩语，他们宁肯闭嘴沉默；如果不让他们做韩国菜，他们宁愿饿着；若是不看韩国电视，他们将不再有任何娱乐活动。丢掉韩国人的身份等于丢掉他们的自我。

我从来不必承受这种本体论的重负。即便我丢失了韩国身份，人还在——尽管破碎，却仍然活着。我出生在南加州，看惠特曼、莫里森和冯内古特的书长大。我看过韦斯·安德森的电影全集。我爱吃薯条，还有松饼。五年级的时候，有个小孩问我是否既是韩国人也是美国人，我不假思索地回答了是。

保存通常发生在稀缺之时，充足的时候很少人会觉得有这种需求。当一个人有多重身份可以选择的时候，种族的保护就成了一种选择，一种奢侈，甚至是某种事后的回想。可一旦“韩裔美国人”进入了我的语言和意识，我却不得不考虑哪些是我要保存的，哪些需要放弃，又有哪些（如果可能）是我会教给下一代的。我身上的哪些部分是我认为珍贵、有价值且神圣的。这些问题我无法再逃避或否认。

韩国有句谚语提及“我们欺骗不了身上流着的血”，我们永远无法逃避真实的自己。当我望向镜子，我承认了自己所看到的：一张亚洲面孔，一双亚洲眼睛，一具亚洲身体。2021年，我知道这也是世界看我的方式。据报告，在过去的一年中发生了近四千起仇恨亚洲人的事件。近四千次，一个亚裔美国人不得不质疑他们是否归属于这个他们称之为家的国家。

保存是要付出代价的。它要求我们付出时间、关怀、努力、耐心，以及最重要的，韧性。在星期六的早晨去韩国学校上课是一种保存；向祖母询问怎样不用量杯去制作泡菜汤是一种保存；跪在地上向我们的祖先叩首致敬是一种保存。我的父母保存他们韩国人的身份是为了生存；而我，是为了生活。•

收藏品 ii　　**韩式午餐盒**

four

4

设计与修复

家具选辑

文字

Ollie Horne

摄影

Erik Wåhlström

造型

Amanda Rodriguez

柚木、胶合板、黄铜、黑橡木、油毡和藤条构造出简洁而平衡的形状：这些来自20世纪的标志性家具，其制作时间可追溯到1903年到20世纪50年代。这里面有阿尔瓦·阿尔托（Alvar Aalto）、凯尔·克林特（Kaare Klint）、汉斯·韦格纳（Hans Wegner）和南娜·迪策尔（Nanna Ditzel）的设计，有野口勇(Isamu Noguchi)的阿卡里落地灯，有马塞尔·布鲁尔（Marcel Breuer）和杰拉德·萨默斯（Gerald Summers）的蒸汽弯曲胶合板躺椅，还有一张吉奥·庞蒂（Gio Ponti）设计的带几何形状黄铜桌腿的橄榄木梳妆台。

这些家具是斯德哥尔摩一家名为杰克森斯（Jacksons）的特许经销商店的藏品。这家商店从1981年开始从事19世纪和20世纪国际设计作品的交易，尤其对北欧设计情有独钟。他们经常采购尽可能保有原状的早期产品，因此持有许多值得博物馆收藏的珍品。“我们将自己视为设计的守护者，”杰克森斯的总经理亚当·特鲁诺斯克（Adam Trunoske）说，“我们拥有两名技艺精湛的艺术品修复师，他们会在所有的作品售出之前对它们进行修复。尽管这些年来我们收入过很多相同类型的产品，但每一件都拥有一段独一无二的过去。因此，我们会对每件家具进行有针对性的特殊处理。我们喜欢尽可能少地干预，只进行必要的修复性工作。我们经常会遇到一些被过度修复的物件，而我们的工作就是将它们恢复到原初的样貌。”•

A.

B.

c.

D.

E.

A. 98号手推车 by Alvar Aalto, 1936
B. 餐椅和餐桌 by Jasper Morrison, 1988
C. 弯曲的胶合板扶手椅 by Gerald Summers, 1934
D. 阿卡里落地灯 by Isamu Noguchi, 20世纪60年代
E. 黑橡木和灯芯草梯背椅 by Charles Rennie Mackintosh, 1903
F. 躺椅 by Marcel Breuer, 20世纪30年代
G. 编织藤条和柚木安乐椅 by Nanna Ditzel, 1950
H. 橄榄木抽屉柜 by Gio Ponti, 20世纪50年代

F.

G.

H.

five

5

重写罗丹

触摸的
力量

文字
Charlie Lee-Potter

档案图片
伦敦泰特现代美术馆（TATE）友情提供

A.

B.

C.

奥古斯特·罗丹对自我形象经营的小心程度丝毫不逊于其艺术创作。这位伟大的自我神话创造者将自己塑造成一个孤独、沉思的天才，喜欢被人们拍摄他手执凿铲在大理石上创作雕像的样子。然而具有讽刺意味的是，罗丹的工作主要是处理赤陶土——其他人负责抹灰、浇铸、涂漆、凿刻和雕刻。在伦敦泰特现代美术馆的一场展览中，罗丹卓越的才华受到推崇，但关于他的一些神话也被打破。“这不是将他赶下圣坛，”策展人纳比拉·阿卜杜勒·纳比(Nabila Abdel Nabi)说，“这是一种呈现，去呈现一个非常复杂的艺术家。罗丹同时也是一位企业家，他利用新的摄影艺术来宣传他的作品。但他也用影像来展现他的艺术天分。我们力求谨慎地去展现他的工作环境，以调节那种非常男性化的形象。他需要其他人来帮助实现他的愿景。”这些人通常是女性，比如他的合作者卡米尔·克劳德尔（Camille Claudel）、他那饱受责难的妻子罗斯·伯雷（Rose Beuret），以及女演员花子（Hanako）。“我们在展览中小心翼翼地展现了这位白人男性雕塑家和与他合作的众多女性之间的力量的不对等。”阿卜杜勒·纳比继续说道，“克劳德尔自己就是一位艺术家，她与罗丹合作了很长时间。但他们的关系中存在着权力的不平衡，她处于弱势地位。我们试图在一切可能的地方插入她的声音。”

我们早已习惯了罗丹那些青铜和大理石作品的重量感和物理特征，但令人意想不到的是，泰特现代美术馆的这次展览则聚焦于罗丹的石膏作品。“这些作品很少在法国以外的地方展出，”阿卜杜勒·纳比指出，“观众很少见到它们，因为石膏在艺术史上通常被视为一种过渡性或次要的材料而被低估。”新展览立足于1900年罗丹在阿尔玛展馆（Pavillon de l'Alma）自己策划的一次展览，当时他选择的展现一生的作品几乎全是石膏作品。“那场自行策划的展览对他来说至关重要，”助理策展人海伦·奥马利（Helen O'Malley）解释说，“他终于有机会按自己的想法去呈现其作品，以石膏的形式，活力四射。”

这场展览的迷人之处在于它为后来的艺术家们开辟了新的道路。那时候罗丹已经在研究剪纸——马蒂斯（Matisse）当时也做着同样的事情。阿卜杜勒·纳比指出，杜尚（Duchamp）的一些想法在罗丹这里早就出现了：“我们认为罗丹是现代主义转向这一关键时期的代表。他的思想余波遍及20世纪和21世纪。展览中，最令人难以置信的瞬间之一来自罗丹创作的一系列艺术装置。他是一位收藏家，收藏了来自罗马、埃及、日本和中国的很多古代手工艺品。从19世纪90年代初期直到离世，他收集了包括伊特鲁里亚杯和罗马双耳瓶在内的6000件工艺品。1895年，他开始将其中一些陶器放到自己的作品中。他的一

A.
位于法国默东的阿尔玛展馆内景，1906 年 12 月前后
摄影：François Vizzavona © Musée Rodin
B.
《罗斯·伯雷的面具》(石膏像)，1900年
摄影：Eugene Druet © Musée Rodin
C.
《维克多·雨果纪念碑与悲剧缪斯和冥想》，1897年
摄影：Eugene Druet © Musée Rodin

D.

E.

些女性石膏雕塑体现了女性与这些花瓶的互动——有的展现了女性破瓶而出，还有一些女性则变成了花瓶。那是一个令人陶醉的时刻。无论是超现实主义的物品和装置，还是杜尚那些使用现成品的艺术，它们在很多方面都预示了现代主义实验艺术的到来。”

我第一次参观巴黎的罗丹博物馆时只有十几岁，那时的我愚蠢地认为已经了解了他的作品：威严、气势宏伟的巴尔扎克青铜像，富有表现力、纹理粗糙的萧伯纳头像，庞大的《地狱之门》（1917），全然现代主义风格的《加来义民》（1889），奇怪的《行走的人》（1900）——他似乎在移动，但双脚却固定在地面上。令我感到意外的是他那些柔和的、泛着微光而令人着迷的水彩画。这些作品构成了这次泰特现代美术馆展览的一个引人入胜的部分。正如奥马利解释的那样，它们对罗丹的雕塑至关重要：“通常，艺术家在创作时会要求模特摆出一种固定的、教科书般的姿势。但罗丹会要求他的模特在工作室中不断移动，然后他会用画笔快速地将这些动作捕捉下来。这些画作给人一种栩栩如生之感，因为它们是以一种充满动感和活力的方式被创作出来的。罗丹说这些草图是他艺术创作的关键。这和他创作石膏像的方法是一样的——以一种令人难以置信的速度，你可以感觉到能量在其上涌动的痕迹。”

这次展览举办的时机恰到好处。我们在追忆失去的人，却不知道如何以最好的方式缅怀他们。一百多年后的今天，罗丹的思想仍然强大。首次在巴黎以外的地方展出的《加来义民》，表达了一种犹豫、一种焦虑和一种脆弱，这比仪式上的强硬宣言更适合当下。“罗丹彻底改变了纪念碑的面貌。”阿卜杜勒 · 纳比说，“一般雕塑创作的惯例是将重心放在一个英雄人物身上，但他决定同时聚焦于六个饱受折磨的不同的人。通过把六个人直接移到地面，他开始实验去掉雕塑底座的想法，这样的举动在当时显得非常激进。观众可以在六人当中穿梭。对罗丹来说，雕塑要总能表现变化，表现过程，表现运动。”

这个展览还有另一个极其重要的特点：它彰显了触摸的力量。这也许是我们现在最怀念的东西。“现在人们渴望真实地触摸到艺术。”阿卜杜勒 · 纳比说，“罗丹了解触摸的力量，并将它们——所有的凿痕、指甲印、接缝、模具留下的线条变成了他作品的内容。在我们彼此被长久分隔的当下，那种被他置于作品核心的触感和创作过程，是如此恰逢其时。在他的作品上看到他的指纹实在太奇妙了。他仍然活着，直到现在，而我们仍能看到他触摸的痕迹。”•

D.
《青铜时代》，1908年
摄影：Jacques-Ernest Bulloz © Musée Rodin
E.
《罗丹工作室内景》，1904—1905年
摄影：Jacques-Ernest Bulloz © Musée Rodin

G.

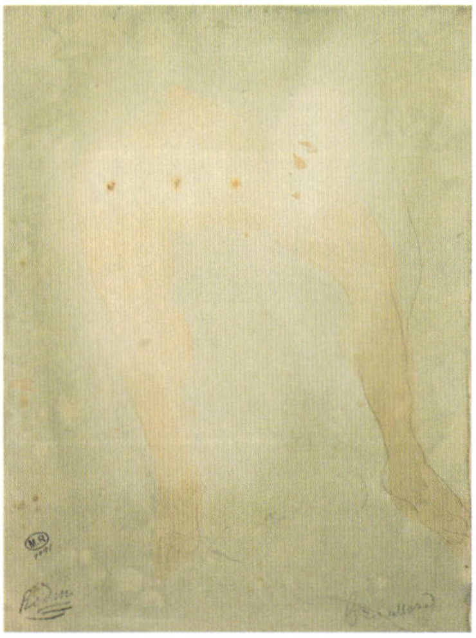

H.

罗丹博物馆

罗丹博物馆是收藏罗丹作品最多的地方。他在临终时将许多作品捐献给了法国政府。该博物馆位于巴黎瓦雷讷街上一幢为金融家亚伯拉罕·佩伦·德·莫拉斯（Abraham Peyrenc de Moras，1686—1732）建造的宅邸里，1919年首次对公众开放。

G.
《水中裸女及其背影》，1895—1910
摄影：Jean de Calan © Musée Rodin
H.
《雾》，约1895—1910
摄影：Jean de Calan © Musée Rodin
I.
《散发的裸女侧面像》，约1895—1910
摄影：Jean de Calan © Musée Rodin

M.R
5014

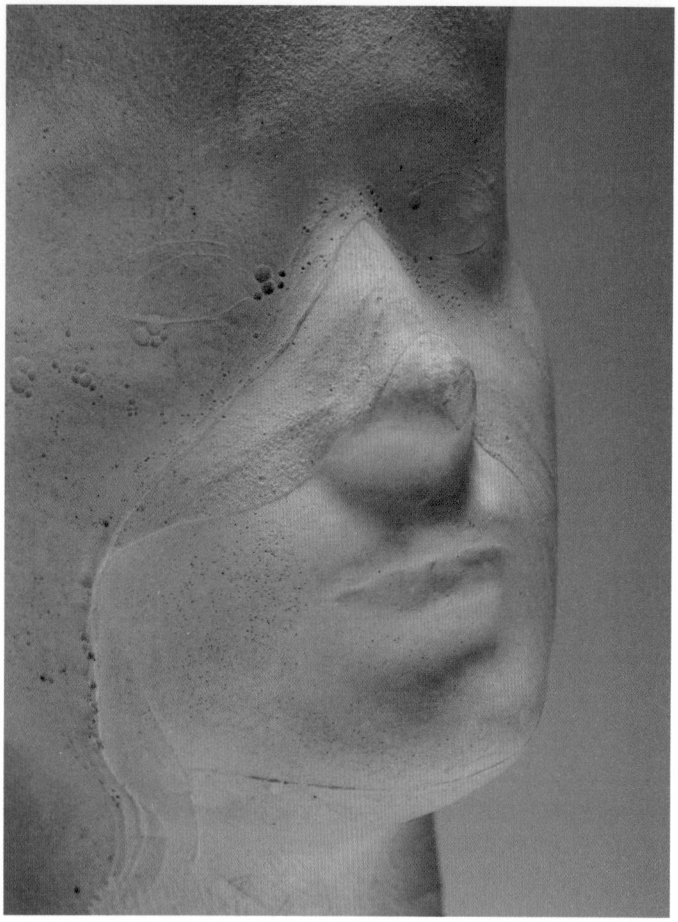

six

6

贝尔杜拉特

建筑于历史之上

文字

Ollie Horne

摄影

Rich Stapleton

帕特里克·威廉姆斯（Patrick Williams）和奈里·威廉姆斯（Neri Williams）是修复传统建筑的专家，他们拥有一间名为贝尔杜拉特（Berdoulat）的室内设计工作室。仅自己的房子他们就一起翻修了三所，在此之前，帕特里克已经完成了六所房屋的修复，更不用说他为客户设计的各式各样的住所了。“非常巧，”他说，微笑被浓密的胡须遮掩，“我们都在建筑工地长大——奈里在伊斯坦布尔郊外，我在法国西南部。我父母在阿马尼亚克地区买了一座破旧的农舍，我和兄弟姐妹过去常常为它铺瓷砖，涂石灰。我们的工作室贝尔杜拉特便得名于那所房子。过去，我们常常在晚上开着我们那辆老标致到第二天早上就要拆除的老房子那里去，用撬棍撬走旧瓷砖。一周后，它们将出现在我们的地板上。我认为类似这样的很多做法已经渗透到我们现在所做的工作中了。”

左图

地下室外一景，原地下室是仆人宿舍。

他们的最新项目在英国巴斯，这是一组建造于乔治时代、摄政时代和维多利亚时代的建筑，占据了从玛格丽特大楼到后面的圆形广场的一个狭长地块，步行不远便可抵达一级保护地标皇家新月楼和圆形广场。房子的主人是一对夫妇，他们在四年前购买了这处房产，之后便逐渐调整后部空间以满足家居生活和工作室的双重需求。现在他们正在修复这座古老的临街店铺，打算将其作为他们的第一家零售店使用。在那里，他们将出售与当地制造商合作生产的家居用品、厨具和家具，以及烹饪书籍、咖啡和葡萄酒。来自附近弗罗姆的黑麦面包店将占据其中一个柜台。房子的主人打算在三层空间——从地下室过去的仆人区，到二楼有着两层楼高夸张墙壁的阳台——都设置咖啡座。拱顶还将为当地一家花店提供一个蕨类植物区。“人们将能够参观经过贝尔杜拉特处理的空间，”帕特里克说，“他们将能够体验我们的家具、经久不衰的漆面，以及历经时间打磨逐渐散发出的光泽。”

这座宽大店铺门面的历史可以追溯到1768年，后部的建筑最初是一家建于1800年的小酒吧，而中间的马厩始建于1840年。建于1768年的这座建筑最早是乔治时代的住宅，前室是一家商店。直到维多利亚时代，三个杂货商于1890年买下这座房子。他们拆除了天花板和内墙，打造出宽绰的开放式空间。他们还首次将建筑组合在一起，将酒吧改成了售酒商店，将马厩用作储藏区。“他们一个是酒商、一个是蔬菜商，还有一个是餐馆老板，名字分别是凯特尔（Cater）、斯托菲尔（Stoffell）和佛特（Fortt），三人一起成立了一家名为‘西部福特纳姆和梅森’（The Fortnum and Masons of the West）的公司。”奈里说，“我们想在这里出售咖啡和葡萄酒来和这段历史建立一种直接的关联。如果不是因为那个故事，我认为我们不会考虑出售这些东西。我们调整了自己的梦想以适应建筑自身的特点。”

西部福特纳姆和梅森公司在布里斯托尔和巴斯拥有八家店铺，一直经营到20世纪80年代。他们原来的搁架、标牌和柜台都还摆在原地。“现在我们的厨房和休息室所在的中央空间曾经是他们调配商品的地方。”帕特里克说，“就其形式而言，它几乎就像一家Argos（英国连锁百货商店）。你带着购物清单进来，把它交给一个穿着白大褂的人，他跑去拿你要的伯爵红茶、药品和面包，然后回到柜台继续为你服务。我们发现了一沓很有意思的购物清单。自从停业以来，柜台一直原封未动。我们打开抽屉，发现了糖、明胶片和带滴头的玻璃瓶装酒精。我们想在橱窗里展示这些珍宝，讲述店铺的历史。”

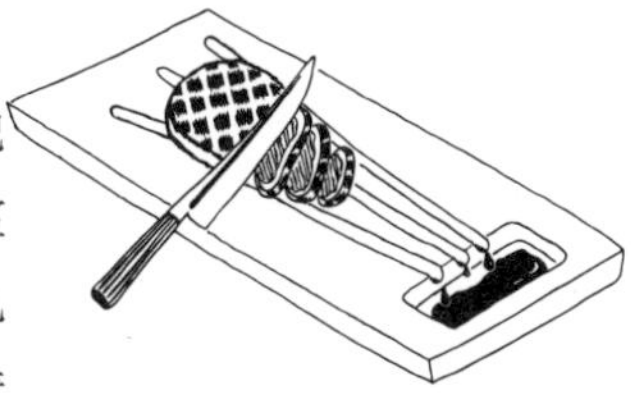

鸭胸砧板

帕特里克有一块他父亲制作的鸭胸砧板。他的父亲是一位热衷于木艺的匠人，贝尔杜拉特厨房系列的设计灵感大都来自他的作品。这块砧板是为法式鸭胸这道菜特别设计的，切割时，鸭胸里溢出的汁液可以流到砧板底部的收集区。贝尔杜拉特的鸭胸砧板就是在这块砧板的基础上设计而成的。

空间的改造涉及一个细节研究的过程。他们为申请规划而写的一份遗产声明长达180页。“这就像攻读关于这座建筑的博士学位。”帕特里克说，“在巴斯进行这样的研究非常容易。

档案办公室的服务简直令人难以置信。你去预约，告诉他们你的地址，两天后，你就可以戴着白手套翻阅这些可以追溯到18世纪的原始图纸和档案了。我们能够为这座建筑中的每一块织物确定年代。知道一切从哪里来很有意思，这也有助于指导我们如何进行新的设计。”

在对中央空间进行了主要改造后，帕特里克和奈里将注意力转向了商店，力图保留它原始的货架和令人寻味的细节。“你仍然可以发现这个空间的历史，”帕特里克说，“在抹墙灰泥的痕迹中依然可以看出原始楼梯的斜度。在柜台上，你可以看到清漆上的一个暗块，那是曾经放架子的位置。在阁楼上，我们发现了维多利亚时代镜面玻璃窗的组件和桃花心木架子。这是一个拼图游戏，我们正在逐渐将它们全部重新组合在一起。有些抽屉门不见了，我们就用桃花心木重新制作。我们打算保留它们全新加工和打蜡的样子，作为一种诚实的修复。”设计这些抽屉面板并不像看起来那么简单。每块面板中间的圆形把手由同抽屉面板相同的木材制成，二者的木纹是和谐一致的。“我们现在已经找到了一种在车床上制造它们的方法，可将纹理呈现在把手上。”帕特里克说，“老实说，当我意识到它们是这样制造出来的时候，我有点沮丧——这只会让事情变得更加困难！但我们必须用正确的方法来做。这座建筑发出的声音是如此强烈，我们不能乱来。”

帕特里克和奈里强调他们不想过度修复。“岁月在建筑上留下的痕迹真的很特别。”帕特里克说，“当人们购买乔治风格的建筑，却想让它平整如新时，我会觉得很奇怪。我认为这就像人脸上的皱纹：老人的皱纹或磨损的双手有一种美，充满了故事。这就像你在这家店铺的柜台上发现的这些印记，其实是一个道理。这家商店到处都在诉说着这些小故事。”•

右图

威廉姆斯家一条名叫伊丽莎白的狗，此时它就站在楼上的阳台上，下面就是厨房。增加的托斯卡纳柱是为了衬托厨房里一根维多利亚时代的金属柱子，现在它的上面挂着一块标有身高表的画板。托斯卡纳柱的造型也出现在了贝尔杜拉特的家居用品系列中，比如木质胡椒研磨器和烛台。

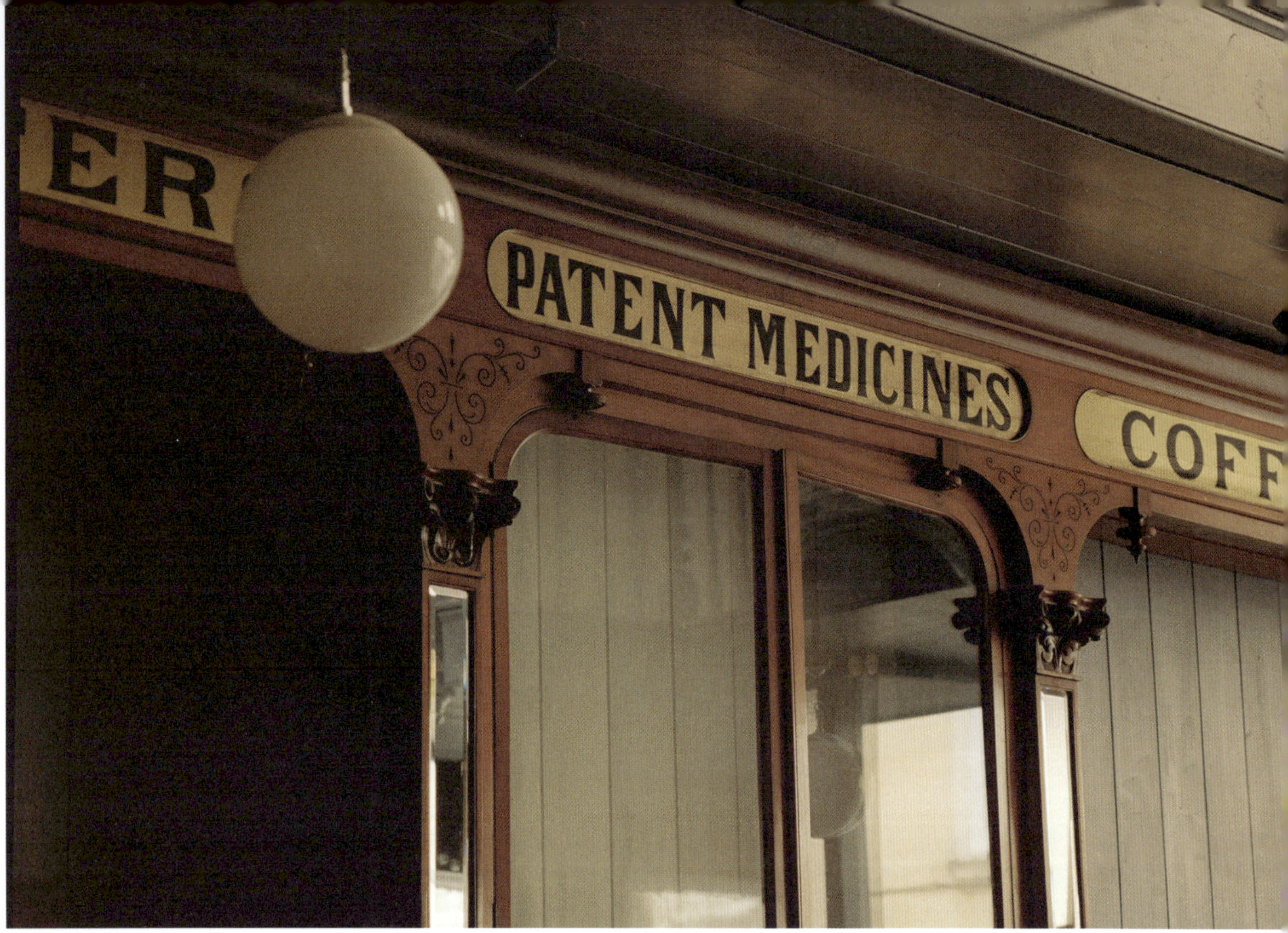
PATENT MEDICINES

seven

7

古典
研究

约翰·索恩爵士博物馆
时尚选辑

摄影
Rich Stapleton

造型
Michael Darlington

造型助理
Lauren Glazer

妆发
Helena Kastensson

妆发助理
Gregory Mallows

模特
Marlon, Wilhelmina

制作
Sarah Laird & Good Company

↓ → 裤子 2 MONCLER 1952
衬衣 LOEWE
毛衣开衫 CONNOLLY

→ 外套 LEMAIRE
白色上衣 CONNOLLY
衬衫 MARGARET HOWELL
裤子 HERMÈS
黑色围巾 BEGG X CO

← 白色衬衣 ANEST COLLECTIVE
黑色上衣 ACNE STUDIOS
外套 BALLY
白色围巾 BEGG X CO

→ 格子衬衣和裤子 LEMAIRE
格子围巾 BEGG X CO
中性流苏上衣 NANUSHKA
鞋 LEMAIRE

↓ ←　中性漏斗领套头衫 CONNOLLY
披肩上衣 DUNHILL

← 米色外套 ANEST COLLECTIVE
红色外套 KASSL

eight

8

约翰·索恩爵士博物馆

艺术品、文物和奇珍异宝

文字
Laura Fowler

摄影
Ash James

家族不和，那个流传了很久的故事，让约翰·索恩爵士博物馆（Sir John Soane's Museum）的遗产得以展现在世人眼前。一个任性妄为的儿子，仇怨，以及一系列的敌对，机缘巧合地让这个神奇的“珠宝盒”得以幸存。

作为英国最著名的摄政风格的建筑师之一，约翰·索恩（John Soane）原本只是一个瓦匠之子。他拼命地工作，获得了皇家学院环欧旅行的助学金，在意大利度过了两年时光。这对他宏伟的新古典主义设计风格的形成产生了深远的影响。他设计了著名的英格兰银行（Bank of England，现已被拆除），达利奇画廊（Dulwich Picture Gallery），各种庄严堂皇的住宅，以及他最伟大的遗产——他在伦敦布卢姆斯伯里的私人住宅，即如今的约翰·索恩爵士博物馆。这座宅邸由索恩在原先的三座乔治时代风格的联排别墅基础上，按照他自己精准的规格重新改建而成。该建筑淋漓尽致地展示了其在建筑上的创新和无与伦比的收藏——超过40000件艺术品、文物和奇珍异宝。

进入博物馆，我立刻被这里的一切所吸引，目不暇接。从庄严的图书馆餐室开始——它那长长的拱形窗户映出林肯旅馆绿地（Lincoln's Inn Fields）的景色，我的目光向上扫过成箱的古董书籍、大理石半身像和凸面镜，掠过托马斯·劳伦斯爵士（Sir Thomas Lawrence）创作的索恩肖像，再往上是装饰着亨利·霍华德（Henry Howard）以弥尔顿的《失乐园》为灵感创作的天花板壁画。我凝视着一只被置于显要位置的花瓶上的希腊神话场景，这只花瓶是在已故考多勋爵（Lord Cawdor）的遗产拍卖会上获得的（索恩的大部分藏品均来自此类拍卖）。它的两侧是一对青瓷花瓶，它们是来自布里德波特子爵（Viscount Bridport）的赠礼；在它后面，彩色玻璃窗和更多镜面巧妙地反射着渗透进来的阳光。

将藏品和建筑结构分开是绝不可能的事：在这里，空间构造和物品已融为一体。每个房间都是一件艺术品、一个装置，其中每个表面的每一英寸都被考虑得分毫不差，这包括物品本身、它与其他物品，以及它与整体的关系。彩色窗玻璃投下斑斓的光线，落在哪里，哪里便被染上一层如画的色泽。各种精心装饰的墙面，有镶着嵌板、经过粉刷的，也有装饰有镜面和大理石的。天窗、灯笼或染色窗，甚至天花板也做成了拱形，遮以天篷，并饰以木雕玫瑰和罗马字母。这里处处体现了一种极繁主义风格，但由于精心排列，讲究对称，所以仍旧显得十分和谐。对一颗好奇之心来说是极大的享受。

在索恩的书房，我很想坐在他那张朴素的小书桌前（如果大小尺寸是自我意识的象征，那么索恩一定是个非常谦虚的人），一边写作，一边将山茶花正盛开的庭院尽收眼底。在我的身边，架子和墙上摆满了细节精致的古典建筑石膏模型：尖顶装饰和字体花饰、梁托和雕刻、神和神话里的生物——仿佛罗马坍塌，而索恩将其碎片一一收集。

邻屋的更衣室里挂着一幅贺加斯（Hogarth）的版画，它的上面是一幅卡纳莱蒂（Canaletti）的街景画和一幅建筑图。仔细查看才发现，这幅建筑图绘制的原来是索恩的中央供暖系统——同样精美。（这在当时也是罕见的奢侈品。）在绘画室，还有更多贺加斯和卡纳莱托斯（Canalettos）的作品，这里还有一幅索恩为设计议会大楼创作的水彩画。如果当年他的这一古典风格的设计被采纳，那么威斯敏斯特将被赋予一丝威尼斯的风韵。然后——惊喜！——墙壁打开，露出了隐藏在后面的另一组画作；然后，再打开，又现出了隐藏其中的《仙女的休憩处》（*Nymph's Recess*，这是特纳所绘的一幅闪耀着圣光的阿尔卑斯山的油画）。楼下是僧侣客厅（Monk's Parlour），这是一个阴冷的哥特式地下室。在这里，索恩和他的妻子伊丽莎（Eliza）曾经在中世纪滴水兽的注视下举行茶会活动。好多次，我不确定自己看到的到底是墙洞后的真实景象，还是镜子的反射。

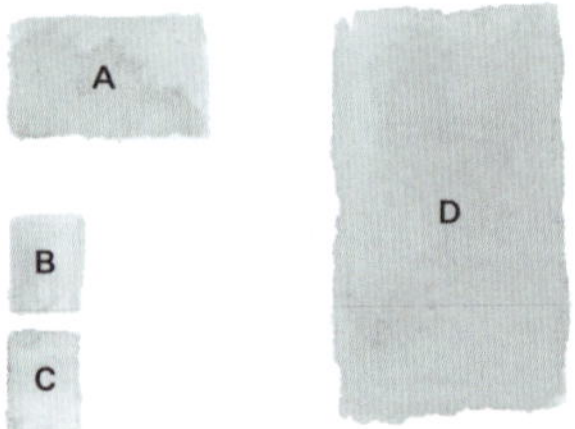

A.

弗朗西斯·钱特里爵士创作的约翰·索恩爵士大理石半身像

B.

位于私人区域的约翰·索恩爵士卧室

C.

圆顶区陈列的古典艺术品残片

D.

图书馆餐室，可以望向林肯旅馆绿地

WEST

最引人注目的是圆顶区（Dome Area）。细节，细节，无处不在——一场盛大的感官冲击。来自玻璃穹顶的光线从上到下穿透整个建筑。空间内布置有柱廊和画廊；墙上挂满了古典雕刻；大理石半身像沿着栏杆摆放着；有色玻璃天窗透出的光芒映照在来自伯灵顿勋爵（Lord Burlington）位于克里斯威克的别墅里的一座阿波罗雕像上，弥漫着琥珀色的灵氛。这里是索恩博物馆的核心地带，也是他想和他的学生、其他建筑师，以及那些没机会像他那样去做环欧旅行的人们做分享的地方，那是一个旅行已经开始变得困难的时代。

索恩和伊丽莎晚年就生活在这样的环境中。“住在这样的房子里并不容易。”索恩说。确实如此，房间里堆满了脆弱的古董。一开始我不太敢动，生怕把什么东西碰到地板上，砸到他最珍贵的藏品——拉美西斯二世（Rameses II）的父亲塞提一世国王（King Seti I）的石棺，这是意大利大力士考古学家乔瓦尼·巴蒂斯塔·贝尔佐尼（Giovanni Battista Belzoni）在埃及的国王谷发现的。在遭到大英博物馆拒绝后，这具石棺被索恩用2000英镑（1825年一座房屋的价格）买下了，此前大英博物馆刚刚花重金买下埃尔金大理石雕（Elgin Marbles）。为了把这具石棺放进来，索恩拆掉了房子的一堵墙。之后，他举办了一场为期三天的庆祝派对，整座房子灯火通明，在上流社会引起极大轰动。

这具用雪花石膏制成的石棺看起来轻得不可思议，半透明的石体近乎空灵。3300多年前，埃及人在它的表面用象形文字刻下了《门之书》里的内容，为亡灵前往冥界提供指引；石棺里面雕刻着天神努特的形象。真是无价之宝。然而，我的目光和灵魂被旁边的另一件作品所吸引：一条女性的腿，膝盖弯曲，是一座石雕的残片。因为支离破碎而显得脆弱，它被用金属线挂在墙壁上，好像棚屋里挂着的一件工具。在这样的背景之上，我很难抑制住一种去触摸那冰冷而坚硬的曲线的诱惑。我想知道那是谁的腿，是谁雕琢了它优雅的脚踝？它是从哪里来的——罗马、雅典，还是英国的某栋乡间别墅？

索恩仔细记录了所有物品的来源。今天，游客们可以在这些分类账目里查看到具体信息。他珍惜每一件作品：从埃及手工艺品、威廉·特纳(William Turner)这样的朋友和皇家艺术学院的同行赠送的杰作，到无数价值较低的物品，如原件的铸件和复制品，以及拆除房屋后留下来的遗物。他将这些来自世界各地的美的碎片聚集在一起，让它们在这里散发出光芒。如若不然，这些物品很可能就被随意丢掉了，而它们的故事便会随着时间的流逝而消失。

达利奇画廊

位于伦敦南部的达利奇画廊由约翰·索恩设计，建于1811年至1817年间，其前身是伊尼戈·琼斯(Inigo Jones)于1613年设计的达利奇学院的一部分。这座画廊因选用了伦敦标志性的黄色石砖而非城中许多公共建筑常用的波特兰石建造而闻名。

南客厅（South Drawing Room）挂着索恩两个儿子的画像。在欧文的笔下，两个男孩宛如天使，就像19世纪绘画中的男孩子们一样。但是他们没有继承索恩的职业精神和对建筑的热情：一个懒惰，另一个成了赌徒和骗子。在他去世前不久，索恩促成了一项议会法案来保护他毕生的成就和收藏，他把这座建筑博物馆遗赠给国家，从而使其“在条件允许的情况下尽可能保持原状”。在近200年后的今天，这一限制性条款仍被博物馆保护者严格遵守着，展品上甚至没有出现任何标签或标志，正如索恩生活在这里时一模一样。尽管如此，工作人员却可以告诉你每件物品背后的故事。索恩的儿子们给他带来了巨大的伤痛。但假如不是这样，假如他们与父亲相处融洽，并像索恩所希望的那样成为建筑师，那么索恩的博物馆很可能已经被拆除了。藏品被卖给收藏家，房子被后人改建和更新，而他自己则仅仅因为早已消失的英格兰银行而被建筑师们记住，此外，便只有遗忘了。只有像现在这样，他的收藏和他的记忆，才能被保存至今。●

收藏品 iii　　**法式复古落地灯**

（Gallery BR）

II.

尝试回忆

文字
Aslan

高远而开阔的天空投下的光线温暖了我的皮肤，紧张的肌肉在热的作用下放松下来。我躺在草地上，试图在脑海中拼凑出雪的样子。我看到雪花从铅灰色的天幕降下，在我眼皮下无比轻柔的飘舞着。一缕寒冷的气息。我等待脸颊上一丝刺痛，睫毛上一阵轻痒。然而，当然，什么也没发生。夏天的时候想起雪，就仿佛欢乐之时回忆悲伤，如此遥不可及。反之亦然。或许，这里面有某种防御机制，让我们在太阳无力抬起头时，挺过那些黑暗的日子，就像饱食满饮之后再也记不起饥渴的痛苦。

我念出snow这个词，先发出咝咝声，然后嘴唇嘟圆。一些念头和联想如同一条细流淌过我的脑海：一种特殊亮光的折射，那种别样的静默，影子变成蓝色和淡紫色，贴着银片的贺卡封面，一段从客厅窗口拍到的楼下十字路口的视频。我的记忆的光束仅照亮了少许细节，少得几乎等同于没有。再努把力。靴子踩上去发出的嘎吱声。它坐在街对面的树枝上，双臂抱在胸前，弯下来，好像一个忠诚的倒置的影子。手指刮过SUV的挡风玻璃。雪球在一双因寒冷而冻红的手里逐渐成形。

我睁开眼睛看到天空的蓝和草地的绿。你的脸和我的脸靠得很近。我们的鼻尖相触，浓郁的黄昏悬在我们头顶，把你鼻子上的雀斑和浓密的胡须都染成了金色，柔化了你眉宇间的沟壑。再次合上双眼时，我陷入了熟悉的黑暗中，边沿是阳光穿过皮肤和毛细血管所呈现的红色。尽管我的脸颊上还能感觉到你的呼吸，一侧身体还能感受到你的温度，但你的样貌却在我的脑海中慢慢消失——你眉毛的曲度，你眼睛的准确颜色，你鼻孔和上唇之间的真切距离。

我的大脑回忆起规律和声音来不费吹灰之力，但在视觉方面却好像一只失灵的手电筒似的噼啪乱响。冥想课上，当我被要求想象一只菠萝并把它向左然后向右旋转时，狭隘的视野中只出现了飞速闪过的爬行动物的一段表皮、某个尖物的划痕，以及一种排山倒海的成熟的酸甜味道。我在脑海里拨弄着一叠色彩鲜明但细节模糊的快照，收音机发出的嗡嗡的背景音变得小而低沉。过了多少年我才意识到，我可以把那音量调大？又过了多少年我才鼓起勇气坐下来，认真倾听？一种舌根上的苦涩，在身边温暖的水体里闭着眼睛游泳，体内某种低沉韵律的跳跃，手掌上的一层汗水，肚子里的一下轻弹……所有大脑选择遗忘的东西，身体都记住了。至少我这样告诉自己。但那也一样会噼啪几声，然后渐渐逝去。

记忆如同雪花，不计其数，亦无迹可寻。托在手中太久，其完美对称的羽状结构就会逐渐模糊，最终消失。追逐它们，着迷于它们的独一无二，就像我孩童时所做的那样。依次检查每片雪花，计算它的棱柱，给不同的形状分门别类。每片雪花都是对上一片的再创造，二者之间具有一种十分微妙的、不起眼的区别。现在我长大了，我知道雪就是雪。永远相同，又永远不同。我低头看向厚厚的雪堆，抬头望向漫天飞舞的雪花。

我心头一紧，突然间，不敢睁开双眼——害怕你早已离开，害怕身边已不再是洒满阳光的草地，而是一下子变成了布满碎玻璃的皲裂的混凝土地面。云朵低垂，乌鸦哀鸣，空气中弥漫着苦涩的烟味。我会像故事里那些睡在枝丫扭曲的树或下弦月下的人一样，醒来后发现自己迷失在时间里，有小精灵前来指引，而整个世界变得怪异起来吗？敲开小时候的家门，发现住在里面的是陌生人，抑或屋顶塌陷，窗户破碎，自己则被荆棘与玫瑰刺藤缠缚窒息？就像某个下午从麦田里走出来的那两个安静的小孩，他们手牵着手，说着一种未知的语言，穿着奇特的衣服，皮肤上泛着翡翠色的光泽？但当我睁开双眼，你还在这里，微笑着。温暖与话语，细胞与角蛋白，呼吸与血液。光，颜色，运动。

一瞬间的闪光照亮这一切的舞蹈。一片波浪穿过暗淡而静止的海洋，它的波峰因发光生物而闪亮，每个粒子都被吸上来，在耀眼的闪光中绽放，然后又跌入无尽的黑暗。感光纸上的一块光斑，高速运动的原子留下的轨迹，空气流动着穿过草地，池塘表面泛起阵阵涟漪，窗前一面褪了色的窗帘被拉上，洞穴深处的阴影，一棵树倒下，静止的海洋上一个寂静的波峰……一切不可能的无法把握的现实使记忆成为回声的回声。

记忆如雪般飘落，数不清，也无法数清，正如现实本身，想象的，又是不可想象的。此时，此地；然后等我们的时日步入寂静的尾声，消失不见。•

复兴赫维德-莫尔加德

与&Tradition的
一次合作

文字
Julia Merican

摄影
Irina Boersma

造型
Tine Daring

在哥本哈根市中心有一栋带小窗户的砖房，这就是建筑师马琳·赫维德（Malene Hvidt）和她的搭档、0405工作室（STUDIO 0405）的创始人、设计师尼古拉·洛伦茨·门茨（Nikolaj Lorentz Mentze）的家。这所房子的面积只有75平方米，在这仅有的一层空间里布置着用嘴吹制的玻璃器皿、结实坚固的座椅，以及纯手工制作的架子，表达了他们对手工艺术的执着。门庭中央是一株被轻微修剪过的盆景植物。此处也存放着马琳的祖父彼得·赫维德（Peter Hvidt，1916—1986）的家具设计作品，他是先锋建筑公司赫维德－莫尔加德（Hvidt & Mølgaard）的联合创始人。他的作品充实了这对夫妇自己的手工家具。“我们买了一棵盆景树，因为我知道我的祖父喜欢它们。”马琳说。他的影响力从盆栽的针叶里透出来，体现在这所房屋内每一处富有深意的室内设计中。

马琳和她的父亲亨里克·赫维德（Henrik Hvidt）正在与&Tradition品牌合作，授权其复制赫维德－莫尔加德的设计产品，并将那些未能实现的设计变成现实。在他们谈论这项工作时，我们发现，合作是二人关系中不可或缺的一部分。他们你来我往，互相开着玩笑；亨里克只有在表达赞同的时候才会打断他的女儿。当我问及这是否是他们的第一次合作时，亨里克露出了俏皮而亲切的笑容。“这是我们第一次正式意义上的合作，是的，”他告诉我，“但实际上，我们从她一出生就一直在合作。”

亨里克和三个弟弟在亲密的大家庭中长大。“我妈妈过去常说她家里有十米男人。”他笑着说。由此可见，家族渊源在赫维德的商业模型中扮演着重要的角色。他们的技艺在家族这棵大树上不断融合，成长，越发繁茂，就像常春藤长在家庭树上越爬越高。马琳是一位训练有素的建筑师，拥有时尚设计经验，她也是Spacon & X设计工作室的合伙人。她的父亲曾在位于哥本哈根的丹麦皇家建筑学院接受过培训，在建筑和家具设计方面拥有丰富的经验，现在是ADEPT公司的业务发展总监。“有时，我会尝试给马琳一些指导，帮她找些门路，”亨里克说，“但是，没门儿！她还是自己干自己的”。马

亨里克坐在一把X椅子上

赫维德-莫尔加德Drawn HM3椅子

赫维德-莫尔加德的AX扶手椅

琳笑着插嘴说："不过，他也是我的百科全书。我知道我总是有人可以聊聊。"

1944年，彼得·赫维德和他的木工老师奥拉·莫尔加德-尼尔森（Orla Mølgaard-Nielsen）创立了赫维德-莫尔加德公司，当时他们刚赢得斯德哥尔摩的一次家具设计比赛。正是这家公司在20世纪50年代为家具制造业和丹麦设计铺平了道路。"他们的想法是为战后的欧洲市场设计一些便于配送、可以在家组装的家具。"亨里克说。他们设计出来的产品优雅而实惠，又以兼具简洁和功能性著称。不仅如此，他们的创新设计也经受住了建筑领域内的风尚巨变。"你们可以在詹姆斯·邦德的老电影中看到他们设计的一些作品。"马琳说，"我最近在翻阅一本卡洛·斯卡帕（Carlo Scarpa）的书，在里面看到了一把我祖父设计的AX扶手椅。"

尽管彼得·赫维德以组合式家具领域的开拓者而闻名，但让马琳着迷的是祖父对细节的关注。"没有什么东西是微不足道的，一切事物都在讲述着自己的故事。"她解释道，"不仅仅是这件作品的外观，还有它给人的感觉和功能。"亨里克提到了他父亲的成堆图纸——全部是手工绘制的。过去的几十年间，他一直随身携带着这些草图。他们与&Tradition家具品牌的合作就是在这些设计草图的基础上展开的。"这是一项艰巨的工作。"他承认，"在我父亲的档案中，可能有五幅极其相似的图画，它们的差别几乎难以察觉，因此判断哪一幅是最终的设计稿需要格外细心和下功夫。不过&Tradition精于此道，他们有足够的经验和敏锐的直觉做好这一切。"

亨里克将马琳称为"守护者"，那个确保设计的完整性得到精心呵护的人。"她从不走捷径，"他笑着说，"这就是有她在的好处。""我的祖父在我出生的那一年去世，所以了解他的家具就像了解他本人一样。"马琳说，"我对重版他的旧作感到责任重大。我一直在想他会怎么想，以及我们正在传递一个什么样的故事。我们在前进的同时也在不断地回顾。我越来越强烈地意识到，家族历史对我看待整个事物的方式产生了多么深远的影响。我想，我现在的家就是我眼中过去祖父母家的样子：每件物品的存在都有其原因。这些老家具和我们后来又加进去的物件就是祖父和我的新家之间的桥梁。"

在这里，在哥本哈根的这处小居所里，历史还在延续。一棵纪念亲人的树立在门庭的中央，就像一颗跳动的心脏。旁边，一把由祖父之手设计、由他儿子制作的旧椅子摆在他孙女的家中，待在他那些老旧的设计图纸之间。•

ten

10

不间断的对话

陶匠之家

文字
Alison Morris

摄影
Rich Stapleton

从帕尔马机场出发，一条长长的公路笔直地穿过大片农田，向岛屿的东部延伸。阳光明媚，空气干燥。公路在马纳科尔向北偏转，然后在海岸后面的小镇松塞尔韦拉戛然而止。中午时分，狭窄的街道上几乎空无一人。橱窗紧闭，百叶窗也拉了下来，衣物晾在阳台的绳索上，一只猫懒洋洋地伸展着四肢。尽管暂时没有居民出现，但每一处都浸透着浓郁的人类生活的气息。

陶匠之家（Potter's House）位于一个小广场附近。每到夜晚，人们就会聚在广场上谈天说地，吃吃喝喝。但穿过一个不起眼的小门，你就会进入一个全然不同的世界。一块简单的长方形亚麻布门帘在敞开的入口处轻轻摆动。掀开门帘，花园强烈的存在感扑面而来——只这门外的一瞥，绿色便一下子充满了整个眼底，预示着园内更多的可能。跟随和畅的微风的指引，通过静谧而井然的景观往里走，房屋开始在眼前展开。石膏、石头、木头、金属、玻璃，新的与旧的相邻而放，一切布置得如此安详，似乎超越了时间。固有的感官的界线消解了：用双眼去触摸，用双脚去观看。

命运可以将人与某地的故事带到某个意想不到的汇合点。意大利园林设计师卢西亚诺·朱比莱伊(Luciano Giubbilei)在被邀请参观现在的陶匠之家时，早已熟悉马略卡岛。当时这里还是陶艺家玛丽亚·安东尼娅·卡里奥(Maria Antonia Carrió)的家。几年前，她正在寻找一个地方建造花园，于是购买并开发了此地。二人一拍即合，一聊就是几个小时，探索着用黏土和土壤这两种相近的材料可能进行的改造。六个月后，卡里奥去世，朱比莱伊很自然地决定将这所房子及两个工作室购买下来。

从一开始，朱比莱伊就对这处居所投入了很深的个人情感。尽管买下卡里奥的房屋绝不仅仅是一次普通的交易，但他之后对这处居所所进行的改造和干预却从不是由感情主导的。除了为自己在岛上安家的想法以外，他还希望通过年度居住项目，让这所房子再次回归为一个有生命的陶艺工作室。虽然仍然可以看见时间停止的感人痕迹——在仍未翻新的第二个工作室中，一个只剩下四分之一的干石榴躺在釉料样品和手写笔记中，而它的子孙们正在庭院中成熟，但朱比莱伊所采取的并不是考古学式的保护处理。他试图尊重卡里奥创作的精神和目的性，使之成为一系列空间，在其中，人们可以过一种简单的生活，制作陶器，以及照料花园。

就像修道院中心有一座回廊花园，陶匠之家也是围绕着一个花园修建的，旁边未完工的新教堂(Esglesia Nova)的新哥特式立面为其提供了巨大的第四面墙。在这一宏伟的背景下，最微小的变化——树叶的微微抖动，蝴蝶的偶然闪现，以及阳光在池塘表面的闪烁——都会创造出奇观。高墙之外，四处可见的是小镇上泥土色、几何状分布的建筑，还有远处蜿蜒的山峰。尽管如此，在植物、黏土和自然光的循环律动中，在小时、日、月、年的各种时间尺度下，这里依然有着一种韵味深远的寂静。

在松塞尔韦拉这座看似简单质朴的建筑背后，朱比莱伊意图通过创造性的实践达成对时空的理解。他希望自己、他的工作室和每一个到访的艺术家都能呼吸到一种不一样的空气，找到新鲜的视角，并进行全新的对话。正如爵士音乐家兼作曲家约翰·柯川(John Coltrane)所言，“我们必须不断地擦拭镜子”，才能更清楚地看到我们是谁，以及我们正在做什么。除了这种令人耳目一新的空气以外，陶匠之家还提供了一个与房子亲密相处的机会：去感受你的呼吸与弥漫在这一空间里的空气共同的律动；去享受你在房间之间走动时温柔的物品表面在你的肌肤和衣服表面留下微弱印记的感觉——这是你被这个黏土世界所接受的标志。在起始于玛丽亚·安东尼娅·卡里奥，并由卢西亚诺·朱比莱伊接续的与此地不间断的对话中，这座房子本身才是绝对的主人公。•

高墙之外，四处可见的是小镇上泥土色、几何状分布的建筑，还有远处蜿蜒的山峰。尽管如此，在植物、黏土和自然光的循环律动中，在小时、日、月、年的各种时间尺度下，这里依然有着一种韵味深远的寂静。

eleven

11

后记

洛杉矶的建筑保护

文字
Matilda Bathurst

摄影
Yoshihiro Makino

与建筑保护者瑞安·索尼亚特（Ryan Soniat）的会话记录。

首先，你需要学习一种语言，一种在世代和空间之间传递的模式，它掠过物体表面，抓住工具，缠在门把手上，并被压进地板的油毡里。

文物保护者需要不断地学习和实践。他们必须学习那些建筑的语言，必须协调主体与客体的关系，必须练习前人的腔调。开关、铰链、旋塞、锁，这些就是一所房屋语调的抑扬顿挫，确定了它的界线，以及给人的感觉。

安德森故居

乔治·R.安德森和琼·E.安德森之家现在是建筑保护者瑞安·索尼亚特的家。这座房子由加拿大建筑师威廉·厄尔·韦尔（William Earl Wear）于20世纪50年代在加利福尼亚的托潘加建造。韦尔的建筑秉承了弗兰克·劳埃德·赖特的有机建筑原则，同时体现了他的老师约翰·劳特纳（John Lautner）的影响。

以水龙头为例。鲁道夫·辛德勒（Rudolph Schindler）更偏爱黄色镀镍而非冷蓝色镀铬，他的厨房和浴室通常都选用美标（American Standard）的产品：线条利落，经济实用。理查德·诺伊特拉（Richard Neutra）则钟爱克莱恩（Crane）的机器时代美学——旋转弧形镀铬手柄，随洛杉矶超流（Los Angeles superflux）一起旋转，随着汽车工业和航空产业的兴起而成名。现代主义建筑师知道他们想要什么。他们对活着意味什么，对生活在一个混杂的世界里有着什么样的感受，有着自己的观点。在那个世界里，高速公路在歌唱，太阳像人造黄油一样在角落里融化。

确认细节，然后说出一个完整的句子。保护者的职责是去发现——剥下层层表象，整理线索，使之形成一个适合拍成黑色电影的故事。五金件的安装确认了柜面的宽度、橱柜接缝的宽度，以及瓷砖切割的宽度；每一部分与另一部分的关系似乎都有一种必然性。如果你能依照这种线索进行下去，房子会与你配合默契。目前，为过时而做的设计还没有被发明出来。想象一下，我们存在于一个旨在不断修复而非需要完全替代的世界里。

作为制造者，现代主义建筑师就像翻译家一样。在洛杉矶，他们借鉴了欧洲、日本的式样和技术；几个世纪以来，他们不断对建筑进行修复和改进，其风格和工艺已经跨越了海洋和沙漠的距离。物质的丰富和身体的需求使美国风（Usonian）或案例研究住宅（Case Study House）大行其道。这些实验性建筑易于复制，旨在提高人们的生活水平。在加利福尼亚，这些建筑在明媚的阳光下扩散铺展开来。

但昔日的光辉终将黯淡。随着时间的推移，房屋开始变得僵硬，语言变了，意义也随之流逝。冷漠和欲望促使人们给房屋做些加减法：橱柜被拆除了，为新的洗碗机让路；切诺基红色台面被迷人的花岗岩取代。当建筑保护者们来到这里时，房子已经破烂不堪，胡言乱语，打着嗝，成为其前身的一个讽刺版本。

保护过程始于聆听房屋本身的声音。如果精通了这门语言，你就会译出其中的含义。浴室的布局可以与建筑师档案中的某个方案相匹配；水槽下方的瓷砖破损表明这里面还有第二层或第三层结构。如果房子本身不说话，就找寻其他资源。《建筑论坛》杂志（*Architectural Forum*）的过刊相当于词汇入门：1937年4月的一篇文章揭示了客厅窗户的布局，一份玻璃品牌的广告提供了制造商和安装日期的线索。保护者们正是通过这些碎片进行推断，让他们自己的声音得以进入建筑系统，像语音识别一样同步房屋的信息。

当房子做出回应时，秘密就会出现。颜色！绿松石色、海绿色和荷兰黄色。对于某个客户而言，想象他们希腊白的房屋原来像寺庙雕像一样华丽并不总是那么容易。真正的保护者有一种特别的色彩感，可以感知色彩有呼吸的、跳动的暖意，以及它们的危险关系。白色是自由的颜色，可以消除对一切可能的恐惧，它拒绝接受这些空间仅仅属于我们自己。否认建筑的前身就意味着忘却生命的有限性；每一片错误的天花板，每一次时髦的遮盖，都是下一个住户的继承，是我们存在的证明。保护者们接受房屋是无法被原样保存的。保护展现了一种对有限性的挚爱，将那些狭窄的空间向着生命和时间的涌动敞开。

当房子的颜色和轮廓开始显现时，当它开口说话时，保护者必须克制打断它的冲动。推测很容易变成一种对发挥自我创意的许可，在各种限制中像填充泡沫一样不断膨胀。不偏离一分一毫；听从房子的指挥，然后它会告诉你讯息。家具设计的练习是释放创造力的一个出口；保护者设计桌子、椅子和内置沙发——如果被证明是不合适的，这些东西可以被快速移除。景观设计对错误更加宽容。中世纪花园中所罕见的本土植物现在被允许繁衍生息——酒神菊、攀缘白株树、灰叶荞麦都被重新播种，重回大地。

当房子即将完工时，它的韵律开始向外播散——宽阔的窗户和外展结构向外面的世界打开。见证房屋被修复完成会带来一种平静，而你只有在经历了整个修复过程，让房屋重新恢复健康之后才能获得这种平静。或许只生活在健康或治愈的过程中是可能的；只体验完整性，以及通向完整的过程。在洛杉矶，你所需要的只是一辆汽车和足够的现代主义房屋。随后你便可以掌握这种精确的语言，每座房子就像是通信网络上的一个节点，形成像电话线一样的细丝，在山间低语。

一座房子的建造逻辑是应该可以被理解的。我们在一生当中可能了解一座建筑的信息，或者两座，甚至三座。但房屋之外，世界是残酷而困难的——美与精确被过早地捕捉了，像月亮在树枝间的低吼，或是在烈日下从加油站看到的流光溢彩。热焰从人行道上张牙舞爪地升起，地下通道聚集了各色人等。如果我们爬到更高的地方，我们会看到高速公路在跳动，生命在摇曳，在毁灭，在永恒地燃烧。但是，我们的生命是如此有限，没有充足的时间去学习这个世界的语言，我们所能做的只不过是小心翼翼地继续前行。

因此，保护者承担了翻译、推断和维护生命的任务。他们准备好了世界的一个小角落，在那里可以确定一个人在时间坐标中的位置。从这些过去和现在的坐标中，世界被建造成一个无限广阔的表面——笼罩着，居住着，心醉神迷地练习着。•

大部分家具是安德森故居里原来就有的，设计者是韦尔。索尼亚特复原了室内的一些元素，包括重新制作了窗户配件。

上图中的水龙头来自麦卡蒙之屋（McAlmon House），后者由建筑师鲁道夫·辛德勒于1936年在洛杉矶的银湖修建。索尼亚特修复了这幢建筑，对此类设施给予了特别的关注。

林宅（Linn House）的室外游泳池和室内色彩，该建筑由理查德·诺伊特拉于1961年在好莱坞山修建。

当房子的颜色和轮廓开始显现时，当它开口说话时，保护主义者必须克制打断它的冲动。推测很容易变成一种对发挥自我创意的许可，在各种限制中像填充泡沫一样不断膨胀。不要偏离一分一毫；听从房子的指挥，然后它会告诉你讯息。

twelve

12

药植园

植物绿洲

文字

Louise Long

摄影

Sam Wright

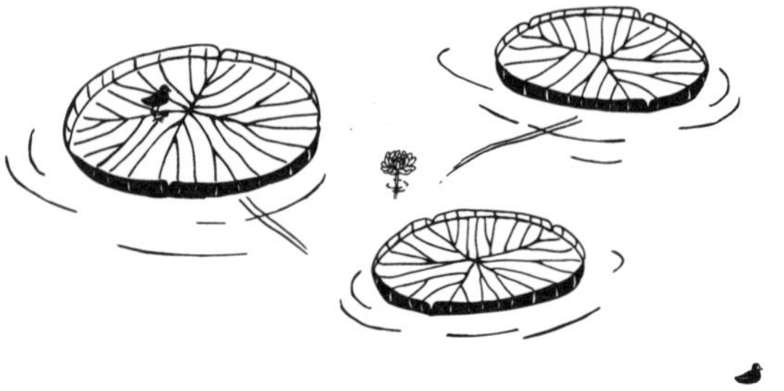

亚马孙王莲

亚马孙王莲（*Victoria amazonica*）是世界上最大的睡莲品种，其叶片直径可长达3米。这种植物生活在南美洲的热带地区。王莲的图案也出现在圭亚那国徽上。

随着查韦尔河绕过基督堂草地，熟悉的牛津天际线逐渐消失。大学的石灰岩外立面让位于钢和玻璃结构的格子，在那里，亚麻色的教堂尖顶变成了仙人掌凶猛的利爪。远处，赭石拱门里映出两棵中国式风车棕榈树，在它们下面，几棵柠檬树沐浴在夏日的阳光中。

这一处静谧的所在就是牛津植物园（Oxford's Botanic Garden）。该园始建于1621年，是英国同类花园中最古老的。它占地超过5英亩，包括几个带围墙的花园、植物屏障和菜园，还有几个莲花池、一片野花草甸和一座假山，以及7个18世纪的温室。就在牛津大街附近，有一座古典拱门——丹比拱门（Danby Arch），这是花园的原始入口，为纪念花园的创始人亨利·丹弗斯（Henry Danvers）——第一位丹比伯爵（1st Earl of Danby）——而修建。头顶上方，一段1633年刻下的拉丁铭文宣告了它最初修建时的用途：这是一座药植园，希望人们通过种植药用植物，“来促进学习，并赞美上帝的造化”。这里也将继续成为学习植物和获得灵感的圣地。1670年，牛津大学首任植物学教授罗伯特·莫里森（Robert Morison）在这里举办了一系列关于植物多样性的讲座，可谓世界首创。自1983年以来，该园一直是英国国家大戟属植物的保管机构，精心呵护着2000多种大戟属植物，其中最稀有的莫过于原产于亚速尔群岛的大戟属植物。其他稀有植物中还包括柑橘类植物，这些植物自17世纪初以来就开始在这里培育，最初是在一个大马厩似的温带温室中。最早的时候，这些娇嫩的植物要通过烧煤来取暖。工作人员会在夜间用手推车推着燃烧的煤块穿梭于温室中。如果管理妥当，人们可以在一年中的大部分时间看到这些植物同时开花结果。

二乔木兰（*Magnolia × soulangeana*），位于历史悠久的围墙花园。

事实上，牛津植物园为大学城提供了一个常年的绿洲。从晚春开始，温室就笼罩在柑橘和风信子的芬芳中，等待充满活力的夏天到来，届时巨大的睡莲也将盛开。秋天一来，围墙花园里便呈现出一片绚烂的景色，在火红的红木之中，花期较晚的多年生植物正竞相开放。冬天，灰暗的日子会被雨林温室（Rainforest House）点亮：繁茂、湿润、无处可逃的绿色，除了其间点点粉色的香蕉。在灌木丛的深处，空气中弥漫着可食用和药用植物，从玫瑰色蔓长春花，到叶片泛着光泽的咖啡植株、大片的甘蔗林，以及挂着泪滴状琥珀色豆荚的上好的可可树。

漫步于这些温室之中不仅可以让人远离英国糟糕的天气，还可以让人穿越丛林和沼泽，沙漠和高山牧场，来一场跨越7种不同环境的奇妙旅行。睡莲温室始建于1851年，是专门为巨大的亚马孙王莲而建造的。今天，它的墨色池塘里仍然缀满了睡莲和圣洁的莲花，其四周围着水稻。隔壁的云雾林（Cloud Forest）中，猪笼草——可怕的石灰绿色肉食性植物——在悬垂树枝上众多的蕨类植物中茁壮成长。高山花房（Alpine House）进行了更独特的改造，那里的沙床为园内的高山植物提供了稳定的凉爽环境，即便是在英国的夏天也是必不可少的。压轴的是干旱屋（Arid House），一个汇聚了多肉植物、龙舌兰、芦荟和大戟属植物的沙漠景观，特别是大戟属植物，它们的枝条向上伸出六米之高，衬托出头顶上方的钢铁窗花格。

红豆杉

牛津植物园中的老红豆杉——这是该园收藏的第一批植物中唯一存活的标本。红豆杉有毒的浆果和针叶可以防止动物挖掘或踩踏，因而通常被种植在墓地中。它们也因中世纪时在英格兰被用于制作长弓而备受赞誉。

A.

B.

A.

达尔文小檗（*Berberis darwinii*）

B.

“芭蕾少女”郁金香

C.

黄色花贝母（*Fritillaria imperialis lutea*）

c.

从最初一个朴素的药植园开始，牛津植物园一直坚守着其创始原则不变。17世纪40年代，当花园的第一位植物园主（或主管）老雅各布·博巴特（Jacob Bobart the Elder）从德国来到这里的时候，他就开始为他精心照顾的1600株植物编定目录，这是该园历史上的第一次。值得注意的是，原始名录中的一棵雄性红豆杉树仍然存活。2021年，在庆祝该园成立400周年之际，该园承诺在市内和周边播种400棵树。牛津植物园与其姐妹植物园哈考特植物园合作，为400棵树的倡议选定了四种英国本土树种——橡树、榛树、栓皮槭和鹅耳枥——鼓励每个牛津人收集树种，并在自家的草坪上播种。当我们正在失去大量宝贵生物物种的时候，再没有比这更有益而谦逊的倡议了。无论是在植物保护、研究和教学等领域展开的影响深远的工作，还是在保护本土物种方面做出的令人钦佩的努力，这座植物园的关注点及其远见从未变得如此重要。•

FRANCIS
GALLERY
francisgallery.co
Gateways | John Zabawa

复古与创新

羊角面包椅

位于哥本哈根的古比（Gubi）家具品牌复制了丹麦设计师伊卢姆·维克索（Illum Wikkelsø，1919—1999）于1962年设计的羊角面包沙发和躺椅（Croissant Sofa and Lounge Chair）。这一活泼的造型模仿了羊角面包的形状，手工缝制的扁平绲边在金色绒面革中营造出蓬松的曲线，是对切斯特菲尔德沙发（Chesterfield sofa）和俱乐部扶手椅（club chair）经典造型的改进与创新。

gubi.dk